푸른사상 시선 159

목련 그늘

푸른사상 시선 159

목련 그늘

인쇄 · 2022년 5월 24일 | 발행 · 2022년 5월 31일

지은이 · 조용환
펴낸이 · 한봉숙
펴낸곳 · 푸른사상사

주간 · 맹문재 | 편집 · 지순이, 김수란, 노현정 | 마케팅 · 한정규
등록 · 1999년 7월 8일 제2-2876호
주소 · 경기도 파주시 회동길 337-16(서패동 470-6) 푸른사상사
대표전화 · 031) 955-9111(2) | 팩시밀리 · 031) 955-9114
이메일 · prun21c@hanmail.net /prunsasang@naver.com
홈페이지 · http://www.prun21c.com

ISBN 979-11-308-1922-8   03810
값 10,000원

이 책은 광주광역시, 광주문화재단의 지역문화예술육성지원사업
(전문예술인)으로 지원받아 발간되었습니다.

푸른사상
시선

159

목련 그늘

조용환 시집

푸른사상
PRUNSASANG

이제 말을 버릴 때가 됐는데
마지막 말을 얻지 못했다.
여전한 죄의 무렵이다.

2022년 5월
길모퉁이에서 조용환 쓰다

| 차례 |

■ 시인의 말

제1부 경계 인간

나는 야만인이다 13

복숭아뼈를 위하여 14

아라리요 16

아파트 까치 17

이방인의 노래 18

길밥의 형식 20

별들의 노래 22

바코드 찍힌 무지개 24

마트에 가면 나는, 26

텔레비전 28

입춘 근처 29

미뢰(味蕾) 30

은박지별 32

비닐꽃 34

단풍 근처 36

오래된 주소 37

옥상에서 나는, 내 이름을 불러주었다 38

그늘 한 채 40

제2부　마스크 인간

개밥바라기 45

거미를 위하여 46

너는 비명을 지르지 않는다 47

다만 섣부른 봄 48

나의 아라비안나이트 50

스티로폼 서정 52

어둠 속의 당구 54

비둘기 묘지 56

간이역 58

누구나 보여주고픈 눈물이 있다 60

애완(愛玩) 62

소설을 읽는 밤 64

마스크 나무 66

영안실에서 67

누가 방을 어둡게 하는가 68

그해 겨울은 몹시도 추웠네 70

거짓말로 평생을 살았다 72

고물신전(古物神殿) 74

제3부 초록 아가

아늬   77

첫,   78

홍소를 터뜨려서,   80

좋은 얼굴   81

그래도 살아간다는 것   82

야생의 남쪽   84

물꽃을 위하여   85

물꽃을 얻어다가 누구에게 바칠까,

　　하고 생각해보는 저녁   86

십리허(十里許)   87

목련 그늘   88

겹꽃   90

아문 자국   92

회(回)   94

엄동   95

사유사(思有邪)   96

겨울나무를 위하여   98

초록 아가   100

초록 서시   101

■ 작품 해설 '이방인–시인'의 운명, 세계의 어둠 속 신
생의 '과정'을 거치는 –고명철   103

제1부

경계 인간

나는 야만인이다

모든 문은 굳게 닫혀 있었다
나는 그 길목들을 발자국 없이 지나왔다
문틈으로 울음소리가 요란했다

복숭아뼈를 위하여

세 살, 그 어린
망각을 끝내 지켰어야 했다
못에 찔려 피가 터지고 속살이 뜨겁게 드러났지만
나는 야무지게 울음을 견뎌야 했다

그리고 썩어 문드러지기 전에 달려야 했다
물려받은 건 오직 건각(健脚)뿐
멈춰 서서, 왜 달려야 했는지 물을 틈도 없이
결국 달릴 수밖에 없었다

은행보다 희망적으로
기차보다 빠르고 정확히……

회의(懷疑)하는 순간,
모가지를 덥석 물어 뜯어버릴지도 모를
모퉁이들 사이로
숲속 동화를 찾아가는 몽상의 아스팔트를

꿈꾸듯 달려야 했다

운명적 반전은 없었다
미구의 행운을 위해
저 태양의 건륜(建輪)으로
눈이 감길 때까지 달려야 했다

초원의 건물들은 오늘도
무지개처럼 반짝거린다

아라리요

길 가운데
전속력으로 버려진 옷 한 점,
갈기갈기 찢겨 너풀거리면서도
아리랑 아라리요

꽃밭이거나 쇼윈도거나 기찻길이거나
당산나무 그늘이거나
처음의 몸짓만 남은 누더기일지라도
아리랑 아라리요

멈출 수 없는 손사래로 부르는
먼먼 외등과 처마와 샛별이
보일 듯이 보일 듯이
아리랑 아라리요

어느 혈거인의 유물인 양
깨어나고 스러지고 다시 부푸는
보풀로 허허벌판이 되어가는
아리랑 아라리요

아파트 까치

까치 한 마리
아파트 단지를 선회하더니
화단에 앉으려다 말고
저만치 담장을 비켜
콘크리트 바닥에 앉는다
잠시 동정을 살피더니
소나무에도 앉고
벚나무에도 앉는다
그러더니 별안간 운다
울음 닦듯 울더니
부리 씻은 콘크리트 바닥을 차고
아파트 벽을 날아간다
제 발자국 모두 떠메고 가듯
날갯짓 가파르다
까치가 더 멀리 날아가도록
누군가는 지켜주어야 했다

이방인의 노래

이제 신성한 밤을 위해
대지의 황홀도 잠들어야 할 시간,
매일 반복되는 낯설고도 두려운 순간이지만
어딘가에는 이토록 머나먼 지평선을 향해
편지를 쓰는 불 밝힌 창문이 있을 거라고 믿는다네
그런 걸 다 이해하느냐고 의아해하겠지만
멋진 몽상만이 배낭을 헐겁게 해준다는 것
그것이 이방의 생존법이라는 걸 잊지 말게나
그러니까 나는 높다란 건물들과
목 잘린 가로수 사이를 지나왔던 거라네
길은 사방팔방 뻗어나서
어디가 어딘지 모를 지경이었지만
열매를 매단 나무는 볼 수 없었지만
한 줌 휴식을 찾아 명멸하는 유리들을 통과했던 거라네
그리고 광활한 벌판이었다네
친절한 사람의 이름이 새겨진 문패는 보지 못했다네
번쩍거리는 간판들 너머
암회색으로 빛나는 하늘뿐이었지만, 미안하지만

지금 나는 아무것도 회고하고 싶지 않다네
기억할 만한 기억이 없다는 것은
모퉁이를 돌아온 자에게 주어진 은혜일지도 모를 일,
사소한 축복을 비웃을지 모르겠으나
자취 없는 삶만이 지평선에 닿는 거라고 믿는다네
그것만이 이방인에게 허락된 노래라네
이제 그만 주무시게나, 갈피를 벗어야 하는 맨발과
매듭진 손을 위해 기도할 시간이라네

길밥의 형식

길거리에 서서
밥을 먹어본 사람만이 알 수 있는 전망이 있다

허공에는 전깃줄이 얼마나 많은지
돌아선 벽은 얼마나 높고 까마득한지

자동차들과 가뭇없이 흔들리는 나뭇잎은
또 얼마나 용감한지

꾸역꾸역 밥을 삼켜본 짐승만이 볼 수 있는
지평선이 있다

목이라도 메이면
큰 숨을 컥컥 몰아쉬는 깨달음이 있다

삼킨 것들은 모두
아지랑이가 아니었을까

길거리에 서서

20

밥을 먹어본 사람만이 궁금해지는 하늘이 있다

먹이를 찾아 어슬렁거리는 길고양이에게
나는 또 얼마나 먼 하늘일 것인가

길거리에 서서 밥을 먹어본 사람만이 가는
먼 길이 있는 것이다

별들의 노래

저 영광은 누구의 글썽이는 눈빛이던가!

밤마다 저렇게 많은 별을 쳐다보지만
꿈 짓무르도록 품었던 유랑의 발소리들은
그대 목소리로 해가 떠오른다고 믿었던 거라네
달빛의 다사로운 노래로 잠이 들었고
딸랑딸랑 방울 소리에 또 깨어났던 거라네
하지만 어느 고장에서도 머물 수 없었다네
새들의 요람에서 온기를 얻었을 뿐
바위에 걸터앉아 가랑잎처럼 쉬었을 뿐
가로등을 어루만져주며 지나왔다네
솔방울에게 피뢰침에게 때로는 CCTV에게
길을 물어 흘러야 했다네
품을 수도 없는 한밤의 길모퉁이지만
전속력으로 발광하는 그대도 알겠지만
다시는 침대에 들지 못한다는 걸 깨달았다네
하늘을 품은 사람들의 안부를 위해
저렇게 별들은 반짝이는 거겠지만

실패한 별들에게도 긍휼은 있으리라 믿는다네
그리고 또 무엇을 사모할 것인가
안개 자우룩한 강안(江岸)에서 풀을 뜯고
꺼져버린 모닥불 앞에서 서늘한 고기를 뜯겠지만
그대의 밤은 오늘도 별빛이 반짝일 거라네
부디 능선을 따라 떠올랐다가 스러진
그 얼굴들을 잊지는 마시게!

바코드 찍힌 무지개

공중 동굴에 내걸린 불빛들을 지나다가
오늘은 참 고요하군, 하고 읊조렸던 것이다
하늘이 바뀌길 기다렸지만
주먹을 펼 새도 없이 어두워졌던 것이다
미지의 이정(里程)은
지옥의 한 조각*일 뿐이었을까
뛰어오를 땅이
뛰어내릴 허공이 없어서
날마다 새로운 지도가 필요했지만
몸에 칼금 긋고 가는 불빛 속에서
나는 멈춰 서고 말았던 것이다
자주 뒤척여야 잠이 오고
돌아눕는 만큼
멀었던 것들이 다시 가까워진다는 걸 믿고 싶었던 것이다
손톱 끝 짓무른 아귀를 뚫아 비추는
비상등에 또 번뜩 깨어나고 말겠지만
다시 새로운 비유가 필요해지는 이유였던 것이다
탄생 이전으로 다시 돌아누워도

넝마로 얽은 몸을

굵고 가는 쇠바퀴 소리⋯⋯

샛눈 뜨면 너울너울 춤추는 유령들⋯⋯

길바닥일지라도 드러눕고 싶어지는 것은

아직 내 방랑이 끝나지 않았다는 것이다

* 예언자 마호메트를 차용함.

마트에 가면 나는,

마트에 가면 나는, 단정히 눕고 싶다
조명 밝은 진열장에 누워
어느 손길을 기다리는 것이다
움켜쥐었던 손을 풀어 가지런히 모은다
두 발은 모든 길이 끝나버린 다음일 것이다
잘 가공된 포장으로
상표가 붙은 얼굴은 상냥한 미소를 띤 채
제발 나를 골라주세요, 호객할 것이다
눈망울에는 새들의 노래도
느티나무 그늘도 사라져버렸을 것이지만
다만 일용할 양식을 위해
바코드가 찍힌 나는, 도마 위에서 식탁에서
우연한 양념에 버무려진 만찬을 위해
유통기한이 아직 유효하기를
매장의 불빛이 꺼지지 않기를
굶주린 사냥꾼들을 위해 간절히 기도할 것이다
탕진해버린 월급날이 지나버렸다 해도
패키지 여행 상품이 행불일지라도

너무 걱정할 필요는 없다

동굴마다에는 거대한 발전소가 있는 것이다

몸으로 가닿을 수 있는

유일한 길이 어딘가에는 꼭 있는 것이다

그러므로 잘 균형 잡힌 제품으로

가지런히 진열되는 거다

마트에 가면 나는, 영원불멸이다

텔레비전

덤불 속 비탈에 버려진
먼지 덮인 총천연색으로는
아무도 감동시킬 수 없는데
떡갈나무 한 잎 등장한다
방영할 수도 없는 초록을
먼지만을 예고할 뿐이지만
천변만화 자유자재하던 암전에
불을 지피려 했던가
드라마는 영원히 끝나지 않는 거라고
주인공은 언제든 탄생하는 거라고
새들과 다람쥐와 산들바람이 다녀가고
들쥐는 이빨 자국을 찍어놨다

입춘 근처

보내주신 김칫국물이 흘러
넘쳐
보도에도 계단에도 바람벽에도
붉게 어리었는데요
저 얼룩은 먹다 남은 꽃인 양
번져
한철 내내 산하를 배부르게 할까요
천지가 울긋불긋해지면
한철
배고프게 살아도 좋을까요
꽃 핀다, 하고
꽃 진다, 하면서
붉은 그늘에 연둣빛이
돌면
아랫배를 가만히 쓰다듬으면
뺨이 얼얼해지고
개울물에는 노래 하나
새로
생겨나기도 할까요

미뢰(味蕾)

오늘도 삼시세끼 다 찾아 먹고

뜨거운 희망에 소금을 뿌리고

공중에는 날마다 애드벌룬을 띄우면서도

나는 자꾸 억울한 생각만 든다

밥과 고기를 아무리 먹어대도 포만감이 들지 않는다

사막에서 툰드라에서 무언가를 잃어버린 것처럼

숲속의 방황을 증명해야 했던 것처럼

혀를 빼 더듬거리던 것은 무엇이었던가

부위별 특식에 길들여진 입맛은 더 까다로워지고

취향이 자주 바뀐 탓인지 나는 항상 배가 고프다

어느 따스한 뺨에 대고 입술을 달싹이듯이

더 달콤하고 더 짜고 더 매운

천년 묵은 항아리를 맛보고 싶은 것인가

교육받은 신념이 허기를 철학하게 했는지 모르지만

사냥꾼들은 결코 교육받지 않는다는 걸

아무도 말하지 않은 이유처럼

지금까지 해치운 똥은 다 어디로 사라졌는지 묻기 위해

이웃들의 문을 두드려야 하는가

식탁의 통구이를 향해

위대하고도 역사적인 혀를 펄럭이며

침을 질질 흘리면서

불 꺼진 유리창을 두드려야 하는가

아무리 먹어도 헛배만 차오르는

전지전능한 레시피는 또 수정될 것이지만,

은박지별

새벽길 나서
들렀다 가는 김밥집의 얼굴들은
어쩔 수 없이 서로를 힐끔거린다
썩은 동아줄 같은
김밥 한 줄 덥석 물면서
24시간 영업의 불빛에도
날이 밝으려면 당당 멀었다고
네온 번쩍거리는 허공이다
우적우적 아무리 씹어도
입맛이 돌지 않는 얼굴들은
어쩔 수 없는 낭하의 이정표다
암표 같은 지폐를 주고받으면서
정직한 적 없다는 듯
고개 돌려 유리문을 나서면
구겨 던져버린 은박지는
새벽별처럼 손에 잡혔었지만
저 구석, 캄캄하게 빛나는
벗어 던진 주먹들끼리

24시간 영업하러 간다

손사래로 여명인 길목이다

비닐꽃

시절 없이 피어
시절 없이 지지 않는 저 꽃은
전설에나 나오는 아주 커다란 날개일 거야
구중궁궐을 들이켰다가 내뱉는 진공의 허파일지도 몰라
간지럼 탄 웃음소리는 아니고
조물주가 보내는 암호는 더더욱 아닌,
하늘머리를 번뜩이는 저건 분명코
아버지의 아버지의 혼령일지도 몰라
태어나는 게 두려워 하늘을 닦고 쓸어보다가
무한천공을 헤매 도는
아들의 그 아들의 울음일지도 몰라
그리하여 맨 처음 국가를 세운
왕에게 바쳐야 할 신물(神物)일지도 몰라
숭배의 절을 올려야 할지도 몰라
풍성한 햇빛이 빛나는 공화국은 오늘도
단 하나의 꽃을 피우기 위해
불철주야 불을 피우나니, 너희 신민들은
불멸을 위해 복종해야 하는 것,

번들번들한 하늘에 허옇게 질린 아이들과

미끈미끈한 벌판에 까맣게 그을린 새들이

까마득한 낭떠러지에서 돌아올지라도

찢기며 울부짖는 범인류적인 저 꽃에게

너희 충직한 가난과 어린 신앙은

아침저녁으로 경건한 기도를 올려야 할지도 몰라

오늘도 무궁을 향해 나부끼는

저 묘유(妙有)를 보라,

날로 창대해지는 진공 포장된

저 안녕을 보라,

번영의 숲에서는 칼날 같은 섬광의 화엄으로

만만세 영생을 축원할지니

향기 없는 산천초목일지라도

시절 없이 피어 시절 없이 지지 않는

저 꽃은,

단풍 근처

한 사람은
앉아 가고

한 사람은
밀어 간다

새 울음 배운 듯
기울고

벌레 먹은 듯
너풀거린다

울긋불긋
한 사람이다

오래된 주소

to,

영산포읍 본영동 198 -7번지

오늘도 무사한 하루를 지냈겠지

아직도 영롱한 별빛 창가에 앉아

미지의 세계를 꿈꾸고 있으려나

······총총······

(본문은 잘 알고 있을 것이어서)

오늘도 별빛은 저렇게도 빛나건만

이 글월 받거든 부디 바람 편이라도 전해주길······

from,

영산포읍 본영동 198-7번지

옥상에서 나는, 내 이름을 불러주었다

마침내 내가 도달한 곳은 하늘자궁이었다네

저 무궁한 틈을 보시게!
숲과 산맥 그리고 구릉을 치고
골목들을 휘돌아 온 나는
옥상에 이르러 비로소 내 이름을 불러줄 수 있었다네
물거품의 존재만이 그 목소리를 들었겠지만
난간은 한없이 드높고 대지는 너무 멀었으나
그 이름을 또렷이 불러주었다네

내가 아는 건 그뿐이니 더 이상 증언할 게 없다는 건
얼마나 큰 기쁨이겠는가!
아무도 대답해주지 않는 목소리가 메아리도 없이
어느 골짜기에 깃들었다면 비로소 내가
완벽하게 삭제됐다는 증거일 테니
더 이상 그 이름을 묻지 않는 축복이여!

이제 나는, 나를 제사(祭事)한다네

진화한 뼈는 철강처럼 가련하고
숙련된 뇌는 물방울로 가득하지만
삶으로 점철된 지평선으로
너무 많은 사랑을 떠나보냈으며
너무 많은 슬픔으로 지구를 어지럽힌 죄로
저 무변을 춤추는 그림자들과 날개들 함께
어느 역사에도 기록되지 않을 것이네

그리하여 나의 오랜 우정의 악마들이여!
나의 없는 하늘이여!
나를 옭아맨 태반의 빛이여!
나의 버려진 어머니여!
정답 없는 질문만 던져온 비탈이여!
저 무궁이 나를 완벽하게 닫아버릴 때

마침내 내가 도달한 곳은 하늘자궁이었다네

그늘 한 채

어디선가 날아온 비둘기가
물고 온 나뭇가지를 내려놓고는
천지사방 두리번거리다가는
바쁜 일이라도 생각난 모양
훌쩍 날아간다 날아가버린다
그쪽은 누가 사는 집이던가,
갸우뚱 굽어다 보고는
나뭇가지를 줍는데
가냘프게도 한 부족이 깃들기에는
너무 가벼운 기둥이다
그랬는데,
비둘기 한 마리 또 날아와 내려앉는다
아까의 날개인가, 살피지만
비둘기는 또 홀연히 날아간다
날아가버린다
비둘기가 날아간 쪽을 바라보다가
다시 나뭇가지를 줍는다
한 부족이 깃들

너끈한 대들보였을지도 모를

너무 기벼운 기둥을 들고

이제 나도 집으로 간다

제2부

마스크 인간

개밥바라기

서두를 것 없는 길이라면서도
사무쳐서 돌아보게 된다

붉은 저쪽,

아직 그쪽으로 가는 사람들이 있는 모양
저무는 것도 희망적인 저쪽

새소리와 공기 방울과 부푼 뒷동산을
한 아름 품어 안은 공중 곡예 같은 저쪽

나비와 비누 거품과 꼬리 치는 강아지처럼
언덕에 엎으러져서 달그락거리는 저쪽

금 간 혀로 깊은 계곡을 핥아먹다가
붉은 눈으로 바라보는

푸르른 저쪽,

거미를 위하여

거절할 새도 없이 방문객은 현관에서 쭈뼛거리더니 이내 거실을 어슬렁거렸는데, 지켜보는 걸 아는지 잠시 멈칫거렸지만 곧장 기둥을 타고 올랐는데, 한동안은 잊고 지낸 어느 날에는 제 하늘만큼 줄을 그어놨는데 그도 그러려니 했는데, 어느덧 안방까지 진군하더니 책상이며 거울이며 벽의 꽃무늬까지 두루 섭렵했다는 듯 너무 심심하다는 듯 이불 속까지 기어드는 것이었는데, 스멀스멀 안개처럼 애인의 손길처럼 추억처럼 결코 물리칠 수 없는 잠꼬대 같은 얼룩들을 더듬는 저 촉각! 불면과 로또로 가득한 상상과 과식의 분비물을 불온한 곳을 독재자에게 지시당한 것처럼 나는 떠밀리고 말았는데, 잘못 든 하늘이 저 거미의 천하일지도 몰라서 잠시 외출이라도 해야겠다고, 돌아와서는 철문을 고치고 유리창도 좀 닦아야겠다고 방 안의 어둠이 깨져버리도록 문을 쾅, 닫았는데, 닫아버렸는데,

너는 비명을 지르지 않는다

너의 목소리가 듣고 싶어서
구둣발을 세워 밟았다

두 주먹 허공 같은 맨발일지라도
길바닥도 멍들어봐야 한다고

삶이란 것
한 번쯤은 짓밟아봐야 한다고

길가에 버려진 마스크를
풍선을 터뜨리듯 밟았다

그래도 너는
비명을 지르지 않는다

다만 섣부른 봄

마스크를 만났다 /

눈만 데룽거린다 /

거리는 서늘했다 /

다만 섣부른 봄 /

방역처럼 막아선 매운바람 /

그 길목 /

서로의 주먹을 조심스럽게 /

부닥쳤다 /

새로운 인사법 /

그 안녕이 딱딱해서 /

친밀한 적이 없던 것처럼 /

작별했다 /

또 볼 날이 있겠지 /

그뿐이어서 /

몹시도 서운한 듯 /

하얗게 /

보이지 않는 것을 보아야 한다 /

견자(見者)들은 우연처럼 /

헤어진다 /

그가 가는 길이 /

다만 섣부른 봄 /

한동안 멀어진다 /

뒤돌아보지 않는 / 그

눈만 데룽거리는 / 나

나의 아라비안나이트

예고도 없이 나의 이야기는 시작되었던 것이다
그 방에서 그 골목에서 그 강가에서……
지루했으므로, 방금 지나간 장면이 뭐였더라?
물었지만 아무도 귀 기울여주지 않았다
목소리는 늘 바퀴 소리를 머금었고
번쩍이는 모서리들에 온 신경이 곤두섰다
어느 날은 작심하고 등장인물들을 향해 외쳤다
빌어먹을 도깨비들아! ─제발 나를 내버려둬!
하지만 그것들은 나의 권력대로 움직여주지 않았다
우주선처럼 제멋대로 등장해서 텃밭을 망쳤고
마법사를 자처한 그림자들은 지도를 엎질러놓았으며
너무 많은 왕들은 짜증 내기를 좋아했던 것이다

나는 매일, 옷을 갈아입어야 했다

끝내 나의 주인공은 나타나지 않았다
묘비명에 쓸 문자를 얻기 위해
어떤 행인은 발자국들을 따라 걸었다고 했다

땅만 들여다보는 이의 등에는 바위가 걸려 있었고
산꼭내기의 구름은 언제 돌아올까? 묻고 다니는 이는
평생을 뒤돌아보며 살아야 했다
그들은 향을 피운 방처럼 홀로 낙원이 되어야 했다
—이제 네 목을 치리라!
두서없는 왕들은 가끔 큰 목소리로 외쳤는데
발단도 갈등도 없이 자위에 빠진 채
누락된 전설을 기다렸는지도 몰랐다

나는 매일, 옷을 갈아입어야 했다

스티로폼 서정

너는 아느냐,
거리의 구석마다 메마른 잎새는 부스러져 쌓이고
미지의 나그네는 자취도 없이 사라져가는데

불꽃같은 몸부림의 노래를

너는 좋으냐, 스티로폼 밟는 소리가

서정을 꿈꾼다면 무궁을 궁리해야겠지만
나는 푸석푸석한 밥만 먹고 딴딴한 똥만 싸는데

바람의 무구한 애무를

너는 그래도 좋으냐,
짓밟히면서 사라지는 운명론자는
영원한 사랑을 고백하며 살아가는데

말할 때마다 검은 연기가 흘러나온다 해도

모든 배경은 아름답다고 믿어야 하는데

스티로폼 부스러지며 영혼처럼 우는데,

* 구르몽의 시 「낙엽」의 운을 차용함.

어둠 속의 당구

당구장의 불빛은 모두 소등되었다

'사회적 거리 두기' 2.5단계가 발효되었기 때문이다

마지못해 큐를 놓는 사내들은 볼멘소리를 터뜨렸다

불빛을 잃은 공들만 검푸른 바다를 표류하는 돛단배처럼 어둡게 떠 있다

술이나 한잔 마시고 가자! 사내들은 술추렴으로 아쉬움을 달래야 했다

너무 어두웠으나 어차피 없는 얼굴들은 마주 볼 수도 없었다

이윽고,

이제 집으로 돌아가야겠다며 일어선 사내가 아쉬운 듯 당구공을 굴렸다 공은 모스 부호처럼 떠돌더니

딱! 부딪쳤고

텅! 울렸다

기항지의 선박들처럼 흔들거리더니 멈추었다

한 사내가 큐를 들었다 캄캄한 정글을 헤치듯 스트로크를 날렸다

이내 사내들은 큐를 들고 다시 모여들었다 미증유를 증

명하려는 듯 공을 쳐냈다
　어둠의 항해는 계속되었디
　공은 공을 맹렬히 쳐냈고 지평선을 치고 돌아왔고
　다시 지평선을 향해 굴렀다

비둘기 묘지

발로 툭 차버려도 닿지 않을
공중을 사는 나는
처음부터 경멸을 찾아다녔는지 모른다 그래서
작정한 듯 힘껏 발길질을 내질렀던 거다
그렇지만 속죄도 없이 구원도 없이 하염없이
가랑잎 같은 나날을 날아간 건
낡은 구두뿐이었다
오늘의 산책도 애초부터 무작정이었지만
문득 뒤를 돌아본 연유는 무엇이었을까
어떤 충동이 온몸을 힘껏 내던지게 했던 것일까
저 날개는 설핏 한 발짝을 옮겨갔을 뿐인데
오랜 세월 단련된 겨냥에도 불구하고
나는 자맥질하듯 허공의 나비처럼
팔랑, 넘어지지 않으려고
온갖 춤을 추고 말았던 거다
그리하여 쪽팔리는 기분 때문에라도
존재의 이유를 만들어야 했다
차라리 돌멩이를 집어던졌더라면,

저 명중을 향해 빛나는 결기를 가졌더라면······

늦은 후회를 벗어나버린

구두끈이 나른한 햇살이

몸을 거둬들이지 못하는 항변이 되지는 못할 테지만

두 팔을 초현실적으로 펄럭거리다가

떨어지지 않은 시위와 포물선처럼

공중을 시늉하여 돌아오지 않는 구두처럼

나는, 사용 금지된 것일지도 모른다고

재빨리 애드벌룬 같은 미소를 짓는다

결정하지 못한 경멸을

비틀어진 몸을 수선해보기 위하여

간이역

너는 그렇게 사는구나!
나무들은 지나치게 빠르고
길들은 어찌나 빨리 숨어버리는지!
눈 깜박할 새도 없이
잠이 들었다가 깼다가
차창 밖 풍경을 핥으며
달린다 달린다 달린다
멈추면 멈추고
흔들리면 흔들리고
울면 울고 웃으면 웃고
터널은 터널
건널목을 건너고
철교를 건너고
달린다 달린다 달린다
교행하고 또 교행하고
하늘 닿을 듯이
기차는 아직 달린다
너는 그렇게 사는구나!

창밖은 너울거리고 또 깜박,
오늘의 운세처럼 풍경이 바뀌고
사람들은 어찌나 빨리 사라지는지!
남김 없는 얼굴들이
달린다 달린다 달린다
종점 없는 지상을
잠시 머물 수도 없이
전신줄 건너 지붕 너머
너는 그렇게 살고 있구나!

누구나 보여주고픈 눈물이 있다

봄여름가을겨울 울었다
아름답고 향기로운 신념으로 울었다
다음엔 울지 않기를 각오하면서 울었다

울지 않기로 작정했으니
고대했던 행운이 찾아올까
복종하고 이별하는 생활처럼
먼 산이거나 뜬구름이거나 혹은
눈동자 몇 다녀가는 나날,

목울대에 피멍울이 맺히도록
울지 않았다 울지 않도록 장치라도 된 듯
단련된 울음의 완벽한 자세로
최후의 울음이라는 듯 울지 않았다

−나는 울지 않는 인간이에요
역사적인 위인들처럼 견뎠다
해가 뜨고 달이 뜨고

창문을 열고 닫는 일처럼
꼿꼿한 자세로 울지 않았다

쇼윈도 밖으로는 전지전능한 사피엔스들이
지나갔고 여정을 알 수 없는
순례자들과 마주치기도 했지만
어차피 울음으로도 무너지지 않는 마네킹들이다

애완(愛玩)

사랑을 사랑할 수밖에 없는
깊은 품은 그 얼마나 숭고할 것인가!
먹여주고 안아주는 무구한 애정으로
한없이 샘솟는 긍휼로
장신구를 예쁘게 꾸며주고서
산책을 나서면 바람결조차 향기로운데
저 허공 같은 눈망울을 바라보면
분명코 사랑받기 위해 태어난 거라고
게으른 하품에 연모(戀慕)는 없어도
저 구름에게나 물어보라는 듯 우짖어도
그 얼마나 우아한 반려인가!
적멸 따위는 너무 심심하다는 듯
사료를 씹으며 흔들어주는 꼬리는
밥줄을 숭배한 족속의 밧줄일 뿐,
온갖 치장은 전통이랄 것도 없다
손발톱을 단장한 애무로
쇠바퀴 소리가 울려 나는 속삭임으로
애틋하게 핥아주는 안녕의 기교는

그 얼마나 축복받은 애완인가!
허공 같은 밥그릇을 싹싹 핥으면서
사랑받기 위해 태어난 걸 증명하는
사랑하지 않고선 배길 수 없는
목줄에 묶여 떠도는 품일망정
사랑한다고, 영원토록 사랑한다고
넋이라도 있고 없을지라도!

소설을 읽는 밤

오늘 밤은 쉬이 잠들지 못할 모양이다 먼 숲에서 부엉이가 우는가 급브레이크를 밟는 소리가 커튼을 흔든다 컹 - 하고 쇳소리가 울려 퍼진다

책을 덮는다 여러 번 넘겼다가 되돌아온 페이지는 활자들이 뒤엉키다가 가지런해졌다가 다시 희미해진다 쥐가 쇠파이프를 갉는 모양 가로등의 조도가 바뀐다 저녁 식사가 과했나 보다 더부룩한 게 방귀라도 뿡- 하고 터져주면 좋으련만……

스탠드를 끈다 그런 다음이라야 잠이 들라나, 눈꺼풀을 내리자 또 쥐 오줌이라도 만진 것처럼 손이 물컹해진다 쥐었다 풀어낸 손바닥 이 손으로 쥐었다 놓은 것들을 생각한다

아귀를 빠져나간 것들이 유영하는 어둠 저편, 골목 끝 편의점의 술꾼들이 파장하는 모양이다 덜덜덜- 술병이 굴러 시멘트 길을 깨운다

술꾼들이 떠난 골목은 갈아엎은 흙처럼 적막하다 비 예보가 있었지만 바람 소리도 들리지 않는다 나직해서 젖어도 모르는 창밖 내다보고 싶지만 눈꺼풀을 올리지는 않는다 이러다 저러다 잠들면 또 깨어나 다시 책을 펴들고 읽다가 또 덮으면 되는 잠결에

　또 퍼뜩 눈을 뜨고 말았다 왠지 불안해, 착란에 빠진 걸거야, 아니야, 술병이 비탈을 거스를 수는 없지 아무래도 산책이라도 해얄까 보다 하고 마른세수를 하는데,

　헛!
　얼굴이 부스러진 모양 툭, 떨어진다
　어느덧 피부가 된 나의
　마스크!

마스크 나무

화단의 나무에 마스크가 걸린 걸 발견한 초등학교 다니
는 녀석이 엄마에게 물었다

나무도 바이러스가 무서울까?

아닐걸!

엄마는 자신 없는 목소리로 대꾸했지만 영 께름칙했다

나무는 자동차도 안 타고, 삼겹살도 안 먹고, 고함도 안
지르니까 괜찮을 거야!

아이가 확신에 찬 목소리로 말하자 엄마는

흙구름 몰리는 하늘을 바라보며 간신히 웃어주었다

영안실에서

향년 일흔둘, 망자가 마지막으로 본 것은 어제 같은 뉴스였을지도 몰랐다 노역이었으니 연금으로 그럭저럭 요양했는데 망자를 망친 건 예금통장이었는지도 몰랐다 연둣빛이 번지던 앞산 숲 때문이었을까 아니면 버리지 못하고 끝내 울타리에 가둔 말티즈 때문이었을까 무엇 때문이었을까 유족들은 어금니를 깨물며 생각했다 지나치게 한적한 시골 요양원의 적료 때문은 아닐까 저노무 텔레비전 때문이었을까…… 잘 먹고 잘 쌌고 잘 놀았고 잘 추억했던 망자는 2021년 정월 열이렛날, 전 지구적인 코로나 통신을 알리는 뉴스를 바라보다가 숨을 쉬기가 불편하다며 호소했었다

조문객이 없는 영안실은 불빛도 통제되었다

누가 방을 어둡게 하는가

커튼을 창문을 활짝 열어젖힌다
오늘은 뭘 먹고 뭘 저지르면서 지낼까?
대답 없는 창밖에 묻고는 냉장고를 열어본다
많은 상표를 다 읽을 수는 없다

늘 그렇듯 오랜 감정이 얼굴을 그르치면
전화기를 집어 든다
어디야? 오늘도 질문을 받는다
누구야? 오늘도 뻔한 물음으로

옷을 훌훌 벗어던진다
뭔가 기적적인 게 필요해!
열쇠 꾸러미처럼 쩔렁거리는 생각으로
전혀 새로운 질서가 필요해!

커튼은 고지식한 신봉자처럼 완강하지만
티브이도 탁자도 착실한 서적들도

옹립하는 굳건한 자세일 뿐이지만

좋은 예감을 부르듯 비스듬히 기울면서

냉장고에 얼굴을 들이민다 −사랑해! 속삭이면

⋯⋯사랑해!

대답하는 냉장고는 잠글 필요가 없다,

라고 기꺼이 말해준다

그해 겨울은 몹시도 추웠네

골목을 나서면 신기한 마술처럼
바다가 보일까
하지만 이미 알고 있는 건
길모퉁이 편의점까지 대문은 예닐곱
또 다른 골목인데,
얼음과 얼굴 없는 사람들만 출몰하던
그해 겨울,
한밤중부터 쏟아지던 눈은 온종일 내리고
집 안에 박혀 옛 꿈이나 다시 꾸면 좋겠다는
전화로 안부를 전하던 사람의 목소리가
엄동의 까마귀 날갯짓만 같아서
외따로운 겉옷을 더 껴입고서
옥상에 올라 검푸른 하늘을 보았는데
눈발은 송이송이 성기어 날리건만
쌓이는 건 다만
미끄럽고 흉측한 소문뿐,
저 모퉁이를 돌아가면 무엇이 있을까
아랫목에 묻은 발가락인 양

꼼지락거리면서

태양으로 갈마든 지평선은 안녕할까

아무리 궁금을 보태도

잘못 든 세상을 허둥거리는 눈발들

그해 겨울은 몹시도 추웠다네

거짓말로 평생을 살았다

석 달 열흘 어느 배앓이로
이곳에 태어났을 테지만
나는 거짓말만 늘어놓고 살았다
길가의 돌멩이에게
언덕의 나무에게
에움의 풀잎에게
그림자 없는 말만 들려주었다
달밤을 걸어 집을 찾으면서
햇빛을 찾아 발돋움하면서
나는 초록의 자식이길 바랐지만
그늘 한 조각 지은 적 없다
우정을 빙자했고
지식을 도용했고
사랑을 탕진했다
나고 자란 강가에서 자식을 둘이나 낳았으나
아비의 파렴치는
저 강 때문일지도 모른다는 생각을 한다
궁을궁을(弓乙弓乙) 건너서는 다시는 돌아오지 말라던

안개 모퉁이의 일생일대 고백조차
내일처럼 뒤척이며 흩어놓는데
다시 바람이 일고
물이 치솟고 산이 푸르러 더 높아지면
석 달 열흘 자궁 되어 거두어들일
형벌 같은 탄생도 있을까,
저 강은 다만, 흐르는 게 아니라
짓고 풀어 출렁일 뿐이라고,

고물신전(古物神殿)

고물상 앞을 지날 때는
엄숙 경건해야 한다

사랑한 날보다 더 오래
사라지는 시간이다

제3부

초록 아가

아늬

업경(業鏡)의 뒷동산이 부르는
메아리인 줄 알았는데

켜켜이 눌어붙은
불귀의 얼룩이 아닌가!

들키고 싶지 않은 속옛말일수록
은근슬쩍 버릴 수도 없었으니

허락받지 못한 유세차에
다만 상향(尙饗)이라!

첫,

걸음마를 뗀 이후
나는 무엇을 향해 나아갔던 걸까
동굴 먼지 은빛 녹슨 양철 풀잎 무지개……
처음이었던 것들을 기억할 수 없어서
나는 아직 삶이 서투른 걸까
……들창도 돌팔매도 뒷산도 기차도
다만 아득할 뿐인
첫,
그 이후에 나는 무엇을 꿈꾸었던 걸까
우연히 지나쳐 온 것들에게
처음은 아직 시작되지 않았다고
기적과도 같은 이 순간의 장엄을 위해
아직 나는 태어나는 중이라고 말해도 될까
그래도 된다면 간직할 처음을 위해
울음을 다시 배워야 할까
첫, 이후로
나를 따라온 발자국들과
다시 시작된 나중은

나를 어디로 데려갈까

다시 태어나는 것도 서툴러서

평생이 걸리겠지만,

홍소를 터뜨려서,

라는 제목의 글을 한 편 지어보자고
홍소를 터뜨려서, 라고
하얀 바탕 위에 적고서
한바탕 크게 웃어본다 웃음소리야말로
가장 훌륭한 저작이란 걸 증명하듯
실전적으로 온몸을 흔들거리며 웃어본다
은밀하고도 신비로운 무엇을 기다려왔던 것?
그렇게 순진한 인간도 되지 못하면서
그런 게 어디에서 어떻게 찾아오는지도 모르면서
신비한 문장의 열쇠로 삼아보았던 것,
이제 그럴듯한 주문(呪文)이 쏟아져 나와야 하는데
글쎄, 눈물이 났다 글썽여질 무엇도 없이
불후의 눈물이 나와서 도로 덮어야 했다

좋은 얼굴

아무도불러주지않는
이름이좋은이름이다
아무리불러도
뒤돌아보지않고
기억할필요가없다
이름이빛나는순간은
출렁였다가스러진
물꽃의찰나
목소리의뒤편에서
너는벌써좋은이름
기억밖의이름이벌써
좋은얼굴이다

그래도 살아간다는 것

네가 오면 따듯한 밥 한 그릇 대접할게 좋아하는 건 여전히 좋아하겠지만 나 먹는 대로 차린 밥상도 너는 좋아할 거야 기왕이면 창밖이 울긋불긋 맑은 날에 와 고속도로 말고 구불구불 울퉁불퉁한 길로 와 흙먼지 날리며 강을 건널 때는 손 씻으며 와 낭떠러지는 가파르고 비탈은 아슬아슬하겠지만 초가지붕이 아닌 곤크리트 집일지라도 굽이쳐 닿아야 할 곳이라는 듯이 너는 그렇게

와 발자국마다 안부를 묻듯 와 휘발유 냄새는 지우고 고기 냄새도 씻으며 와 전기도 있고 티브이도 있고 와이파이 수신도 잘 터져서 미안하지만 먼 산을 오르듯 가까이 와 장작불 대신 전자레인지에 콩이나 볶아 먹으러 와 우리들의 그릇을 위해 흙 한 줌 가져가도 좋을 잡목 우거진 언덕으로 와 사뿐사뿐 와 미리 말하지 못해 미안하지만 쌀독이 비었네 하지만 텃밭의 푸성귀에다가 된장 풀어 후루룩 뜨근뜨근 혀 데도록 배불러도 좋다고

와 아궁이 앞에 쭈그려 앉듯 벌건 얼굴끼리 와 전등 대

신 호롱불 밝히지 못해도 좋다고 와 베란다 밖 별들을 생각하면서 와 흙을 털어 베어 먹던 고구마나 누는 없어도 저쪽 까마득한 지평선을 섬기듯 와 막걸리를 아껴서 천천히 비우듯 와 캄캄한 밤하늘을 간신히 밝힌 가로등이 부끄럽다고 와 그래서 새들이 속을 비워 멀리 날 수 있는 거라고 와 시냇물 소리에 화음하듯 와 졸졸졸 졸다가 꾸벅 그러다가 아예 오지도 가지도 못할지라도

　와 버튼을 누르면 그림자들이 고요해지는 하늘 아래 잉걸불 마르거든

　가 태어나기도 전처럼 가
　내일이 되듯이 너는,

야생의 남쪽

나에게도 주소가 생겼다
계절마다 꽃을 볼 수 있게 됐다
하늘 건너온 개울물로는 기둥을 세우고
햇살 몇 폭 마름질해 벽을 발랐다
펄럭거리는 바람으로는 지붕을 얹었더니
보기에 참 좋아서
밧줄에는 오랜 남루를 걸어 말렸고
굽 닳은 구두는 윤을 주어 모셔놓고
이방(異邦)의 행낭에는
호미와 낫과 씨앗들을 담아 바람벽에 걸었다
더는 기울지 않는 창문을 얻었는데
또 무엇이 찾아와 이정표를 권할까
비탈에 복숭아나무를 심을 생각으로
마당을 쓸고 강아지랑 고샅을 나가
논고랑에 흐르는 물살을 들여다보는데
에움 치는 건 어디서나 기적이다
누군가 찾아오기 좋도록 매미 울음은
온 들판에 터를 닦듯 허공을 닦는다
나에게도 친구들이 많이 생겼다

물꽃을 위하여

출렁이는 물살에는 알몸이 되어야 한다
굽이쳐야 너에게 닿을 수 있으니!

물꽃을 얻어다가 누구에게 바칠까, 하고 생각해보는 저녁

맨 처음 만난 저녁이 그랬을 것이다
까무룩 저무는 것들의 그림자는
산이 다 알아서 넘어가고
안 잊히게 느려터진 걸음으로는
들길이 저 혼자 걸어 가로등이 켜지고
나랑 놀자던 목소리같이 고요하고도 먼먼
강물을 따라 나는 수염을 길렀던 것이다
모르는 할아버지처럼 강변을 따라 걸었고
꽃들이 산 너머로 돌아가면 나도 집으로 돌아왔던 것이다
그러면 박명(薄明)의 저녁 강은 처마 근처까지 따라와
나를 은근히 불러내곤 했는데
사모와 동경으로 지어진 여울이 저 멀리 캄캄해지면
아주 오래된 고백이라도 해야 할 것 같았던 것이다
그런 새벽은 이불 속까지 잠방거려지곤 했는데
기슭 너머에서 몰려온 안개가 들창을 흠뻑 적시고
다시 산을 넘어오는 물꽃이 노래를 부르면
나도 한 아름의 뜨거운 모오리돌처럼
첨벙거리면서 길을 건너는 것이다
맨 처음 만난 그 강물도 꼭 그랬을 거였다

십리허(十里許)

시골버스정류장 앞에
보따리 하나

걸쳐놓은 지팡이는
데구루루 굴러떨어지고
버스는 달려와 서는데

아무도 없다

까치 그림자만
낮꿈처럼 흘러가고

버스는 그예 떠나고
아지랑이 너머로 잠겨도

아무도 없다

땡볕에 옹이 같은
보따리 하나

목련 그늘

천지간에 하얀 꽃빛으로 놀러와
까맣게 저무는 것들을 탓하지 말라
목련 꽃잎 까무룩 흩어지면서
뜨락을 지을 때
어린 너에게는 천만년의 목소리로
놀자고 같이 놀아달라고,
다 늙은 너에게는
천지간에 새끼를 치는 뻐꾸기처럼
피붙이를 부르는 호곡(好哭)일 테니,
저 하얀 꽃잎은 절명하는 게 아니다
귀를 대이면 강물이 치고
뒤란을 떠메고 갈 듯 우짖던 참새 떼며
소나기 치던 마을을
오래오래 밝혔던 등불이었으니
하늘 닮은 눈동자들을 피워 올렸다가
저무는 것들이 옹기종기 모여
첫울음으로 지는 때에
거기 적막이 더해져야

다시 눈부신 초록을 얻는 거다

푸르러지는 뒷동산에

내가 살고 있기 때문이다

겹꽃

켜켜이 지어 올린
꽃 속의 꽃,
너는 너를 품어 안고
어찌할 수 없이 만들어낸
무늬 속의 무늬,
꽃이면서 심장인
바깥이면서 어머니인
찬연한 슬하는
그리도 오랜 비탈을 살아야 했던가
숭어리 떨어져도 저 꽃,
시절 내내 화안하더니
마침내 내려놓은 큰 숨,
피워낸 자리나 저문 자리나
섬섬옥수로 지어놓은
집 속의 집,
무릎 꿇어야 닿을까 말까
껴안을 수도 없이 높고
깊은 너는

너를 끌어안고

꽃이 꽃에게 주는

꽃, 그 곁자리

나란히 살다 보면 영원일 거 같아서

가만히 들어가 깃들고 싶은

품 안의 품,

아문 자국

돌 틈
돌아 도랑물 소리
에돌아가는 풀잎마다
아껴둔 모서리
한쪽은 땅
한쪽은 공중
둥글납작한 주먹 하나
서운한 듯이 던져주고
이제 집에 가야지
발자국 다 지운
개울물 소리랑
두루미 깃 떨어진
산그늘
해찰도 그만두고
감감
무소식으로 오는
밥 냄새
어루만지고 싶은

옹알이하는 저녁,
옹알옹알 틈으로
간격
점차 생겨
나란한 굽이굽이
아껴둔 얼굴들처럼
흘러가는
도랑물 소리는
숨 타듯
추는 춤,
한쪽은 너
한쪽은 나

회(回)

너를 모른다고
그 길이 아니 가겠는가

나를 모른다고
그 강이 아니 흐르겠는가

엄동

담장 아래 버려둔 음식 찌꺼기로 찾아드는 날것들

휘몰아치는 눈발도 푸르르 털어버리는

저 골몰한 허기……

말라 꼬아진 호박넝쿨까지 끌고 치솟아버릴 듯한데

비켜 가는 낮달은 저만치

드난살이가 그랬을까나 다 그랬을까나

벌판은 불땀도 없이 전에 없던 낙차까지 펼쳤는데

모퉁이 살림이 광활하여 과분하게 되었다

사유사(思有邪)

내 시를 읽으면
애정결핍이라고,

탁견(卓見)은 늘
옴씰 뾰족한데

젖이라도 물려주어야 하나,

미치도록 빨아먹고 싶은 것이
어디 젖꼭지뿐일까만

내 시를 읽으려면
광기 결핍이라고

뱀이라도 풀어주고 싶지만

젖꼭지를 찾아 헤맨 내가

옴씰 뾰족 들켜버린

시가 나를 속이고
내가 시를 기만하니,

겨울나무를 위하여

온 세상에 눈이 하얗게 덮이면
나무의 뒤꿈치도 뜨거워진단다
헐벗은 활개까지 털어내는 허공이
떠나지 못한 나무들의 여행이지만
적막한 겨울밤에는
몰아치는 눈발을 섬섬옥수 모아
묵혀둔 그리움인 양 눈꽃을 피워내는 거란다
세상 모퉁이 어디
발자국 한 번 찍어본 적 없지만
막막한 짐승처럼 허공을 밝힌 밤에는
나무들 사이로
길을 건너는 사람이 있기 마련이어서
메마른 가지를 들어 손사래를 보내는 거란다
그 홀로 설원을 건너는 게 아니라고
서로 캄캄해져야 순백에 닿는 거라고
뜨거운 발꿈치를 들어
먼 길을 닦듯 눈꽃을 휘날리는 거란다
그리하여 겨울나무를 건너기 전에는

잠시 멈춰 서야 한단다

발자국이 다시 하얗게 뜨겁도록

세상의 모든 나무들을

한 번은 꼭 안아주어야 한단다

초록 아가

아가를 기다리고 있다 눈코귀입……
꽃잎차례 따라 천지사방 울음 퍼지는
아가가 태어날 것이다 봄여름가을겨울……
산맥을 넘어오는 초록의 자손이며
시냇물 적신 대지의 춤으로
하늘을 비껴 푸르게 빛나는
아가를 기다리는 어둠의 별과 아침의 창문과
한낮의 발소리들을 위해 기도한다
배회하는 축복을 위해 미소를 띄운다
무구한 숨결과 태양으로 잉태한
젖니 붉은 아가가 찾아오는 동안
손도 발도 가슴마저 내어놓고
새들의 공중에게도 젖을 물리고
길이 끝나지 않은 바퀴에게도 젖을 먹여야 한다
아가가 곧 태어날 거라고
강물의 노래를 품은 아가를
초원의 무지개를 가진 아가를
천지현황(天地玄黃)의 너를 기다린다, 나는

초록 서시

진창에서 나고
벌판을 휘달린
기슭에
씨앗을 얻어 품고
새들이 놀러 온 고랑에
문패를 단다
새로 길이 하나 생겨나는 일,
얼마나 꿈꾸어왔던가!
번지 없이 피어난
꽃이지만
정색 없이 뻗어난
가지이지만
천만 년의 너와 나
피와 뼈로
기도하는 숨결로
하늘 닿는 미소로
초록이 등불을 밝히는
거기,

'이방인-시인'의 운명,
세계의 어둠 속 신생의 '과정'을 거치는

고명철

1

전 세계를 엄습한 팬데믹의 충격과 두려움 속에서 사회적 거리 두기를 비롯한 각종 방역 조치는 일상의 풍경과 리듬에 급격한 변화를 가져왔다. 지금까지 아무런 불편 없이 누려왔고 유지했던 낯익은 사회적 관계들에 심각한 균열과 파열음이 들리기 시작했다. 그리하여 새로운 사회적 형식의 관계들이 아주 빠른 속도로 기존 관계들을 보완하고, 심지어 대체하려는 움직임들마저 보이고 있다. 분명, 이번 팬데믹을 경계로 인간의 삶이 이전과 달라질 것이라는 점은 의심할 여지가 없는 듯하다. 그래서일까. 조용환의 이번 시집 『목련 그늘』에서 주목해야 할 심상은 시적 주체 자신에 대한 도저한 부정을 바탕으로 한, 세계에 대한 전면적 쇄신을 향한 자기 존재의 기투(企投)

로서 신생의 세계를 향한 시적 정동(情動)이다.

2

> 모든 문은 굳게 닫혀 있었다
> 나는 그 길목들을 발자국 없이 지나왔다
> 문틈으로 울음소리가 요란했다
>
>   — 「나는 야만인이다」 전문

위 시는 시집의 맨 앞에 배치된 '여는 시'의 역할을 맡고 있
다. 3행으로 이뤄진 이 시는 여러 궁금증을 일으킨다. 시적 화
자인 '나'가 지나온 길목은 어떻기에 "발자국 없이 지나왔"을
까. 게다가 '나'가 지나온 길목의 "모든 문은 굳게 닫혀 있었"으
며, 그 "문틈으로 울음소리가 요란했"는데, 대체 그 '울음소리'
의 정체는 무엇일까. 그리고 '나'가 지나온 길목의 문들 '모두'
가 "굳게 닫혀 있었"던 이유는 무엇일까. 여기서, 「나는 야만인
이다」로부터 촉발된 일련의 물음들은, 가령 아래의 시와 만나
면서 조용환 시인의 지배적 심상을 이해하도록 돕는다.

> 지금 나는 아무것도 회고하고 싶지 않다네
> 기억할 만한 기억이 없다는 것은
> 모퉁이를 돌아온 자에게 주어진 은혜일지도 모를 일,
> 사소한 축복을 비웃을지 모르겠으나
> 자취 없는 삶만이 지평선에 닿는 거라고 믿는다네

그것만이 이방인에게 허락된 노래라네
이제 그만 주무시게나, 갈피를 벗어야 하는 맨발과
매듭진 손을 위해 기도할 시간이라네

　　　　　　　　　　—「이방인의 노래」 부분

　시적 화자인 '나'는 "아무것도 회고하고 싶지 않"다. 더욱이
"기억할 만한 기억이 없다"고 고백한다. 지나간 것에 대한 '나'
의 이러한 반응은 예사롭지 않다. 우주의 뭇 존재가 시간과 공
간으로부터 결코 자유롭지 않는 한, 하물며 시간과 공간의 유
한적 존재로서 인간이 '그때-거기', 즉 과거에 대한 전면 부정
을 인간의 의지로 실행하는 일이 가당찮은 일이 아닌 한, '나'
의 과거에 대한 이 도저한 부정은 흡사 '나'의 존재에 대한 부
정과 맞닿아 있다. 말하자면, '나'를 이뤘던 기존 '나'의 존재 자
체에 대한 결별로서 부정과 다를 바 없다. 그래서 '나'는 과감
히 그동안 지나쳐 온 자기의 삶의 내력을 "자취 없는 삶"으로
인식한다. 그러면서 이러한 '나'의 존재가 '이방인'이었음을 발
견한다. '나'의 이 존재론적 인식은 조용환의 이번 시집의 세계
를 이해하는 데 핵심이다. 따라서 강조하건대, '나'가 '이방인'
의 토포스(topos)로 자리바꿈을 한 게 아니라 애초 '나'의 토포스
자체가 '이방인'이란 시적 진실을 간과해서는 곤란하다. '나'는
그러므로 '이방인'이기 때문에 '나'가 그동안 살면서 지나쳐 온
길목에서 '나'의 삶의 발자국을 남길 정도의 자취 없이 또 다른
낯선 곳으로 옮겨가야 했고, '이방인'에게 선뜻 제 곁을 내주지

않는 타자들과의 거리를 감내하면서 그들이 자아내는, '나' 같은 이방인에게는 굳게 닫힌 문틈 새로 들려오는 '울음소리', 곧 "이방인에게 허락된 노래"를 듣고 들려줘야 할 운명을 살아내야 한다.

그렇다. 이 운명은 시인의 운명이다. 조용환 시인은 이 운명을 받아들이는 제의를 치러내고 있는데, 눈여겨볼 것은 우리의 곡절 많은 삶의 사연이 맺힘과 풀림의 형식으로 삶의 상처를 위무해줌과 동시에 치유해주는 시적 연행(演行)의 신명을 한바탕 재연하고 있다는 점이다.

> 이제 나는, 나를 제사(祭事)한다네
> 진화한 뼈는 철강처럼 가련하고
> 숙련된 뇌는 물방울로 가득하지만
> 삶으로 점철된 지평선으로
> 너무 많은 사랑을 떠나보냈으며
> 너무 많은 슬픔으로 지구를 어지럽힌 죄로
> 저 무변을 춤추는 그림자들과 날개들 함께
> 어느 역사에도 기록되지 않을 것이네
>
> …(중략)…
>
> 마침내 내가 도달한 곳은 하늘자궁이었다네
> ── 「옥상에서 나는, 내 이름을 불러주었다」 부분

길 가운데

전속력으로 버려진 옷 한 점,
갈기갈기 찢겨 너풀거리면서도
아리랑 아라리요

꽃밭이거나 쇼윈도거나 기찻길이거나
당산나무 그늘이거나
처음의 몸짓만 남은 누더기일지라도
아리랑 아라리요

멈출 수 없는 손사래로 부르는
먼먼 외등과 처마와 샛별이
보일 듯이 보일 듯이
아리랑 아라리요

— 「아라리요」 부분

  이처럼 '나'를 대상으로 한 제사 행위는, '나'의 살아 있을 적 삶의 존재에 대한 애도가 결코 아니다. 그보다 '나'의 현존에 대한 부정으로 '나'가 행한 삶의 행적을 지워냄으로써 모종의 속죄와 반성으로서 "하늘자궁"에 도달하고 싶은 존재의 갱신을 욕망한다. 이 존재의 자기구원을 향한 욕망으로서 시적 제의는 우리에게 가장 친밀한 춤 사위와 노래를 동반한 '아라리요'를 통해 구술 연행되고 있다. 말하자면, 조용환 시인에게 시인의 운명은 「아라리요」가 함의하듯, 비록 남루하고 비루한 처지로 타방을 배회하지만, "길거리에 서서/밥을 먹어본 사람만이 알 수 있는 전망"(「길밥의 형식」)을 보고, "더 달콤하고 더 짜고

더 매운/천년 묵은 항아리를 맛보고 싶은"(「미뢰」) 존재의 비의
적 가치에 대한 욕망을 품도록 한다. 때문에 '나=이방인'은 "어
느 고장에서도 머물 수 없"(「별들의 노래」)는 시인의 운명을 '아라
리요'처럼 살아내야 한다.

3

그렇다면, '나'가 살고 있는 '지금-여기'는 어떤 세계인가. 이
질문에 에돌아갈 필요 없이, 우리는 마스크가 일상의 필수품
임을 누구도 부인할 수 없는 세계에 살고 있다. 코와 입을 완
벽히 가린 채 눈만 멀뚱거리는 마스크 쓴 얼굴로 가벼운 목례
와 눈인사를 하며, 그리고 서로 최대한 적의(敵意) 없이 친근한
척 주먹을 가볍게 터치하는 새로운 인사를 일상화하는 세계에
살고 있다(「다만 섣부른 봄」). 코로나19 바이러스의 전염이 무섭기
때문이다. 얼마나 무서운지 나뭇가지에 걸려 있는 마스크를
발견한 초등학교 학생은 나무도 사람처럼 감염병에 걸려 무섭
지 않을까 하는 걱정을 하면서, 어린애의 순진무구한 낙천적
감정을 다음처럼 솔직히 드러낸다.

> 나무는 자동차도 안 타고, 삼겹살도 안 먹고, 고함도 안 지르
> 니까 괜찮을 거야!
>
> ― 「마스크 나무」 부분

기실, 시인은 어린애의 목소리를 빌려, 작금 팬데믹의 일상

을 살고 있는 어른의 세계에 대해 정곡을 찌른 비판을 가한다. 말하자면, 위 시구절은 자동차를 타고, 삼겹살을 먹고, 고함을 지르는 인간에게 코로나19 바이러스는 일상에 극심한 동요를 일으킬 뿐만 아니라 심지어 일상의 풍경과 리듬을 파괴시켜버릴 정도의 치명적 공포를 동반하는 것임을 어린애 특유의 반어적 화법으로 표현한다. 다시 말해 우리는 마스크 없는 세상, 마스크 바깥의 세상은 상상할 수조차 없는 말 그대로 괴기스러운 세계를 살고 있다. 얼마나 괴기스러운지 "조문객이 없는 영안실은 불빛도 통제되"(「영안실에서」)고 있다. 사회적 거리 두기의 방역 조치 속에서 집 바깥의 세계는 암전에 길들여진 채 조밀한 관계들의 틈새가 벌어지더니 스스로 저만치 거리를 띄운다. 이내 그 틈새로 어둠이 스멀스멀 채워지고 적막만이 감돈다.

하지만, 이 같은 칠흑의 적막에도 불구하고 사람들의 삶은 지속되고 그 열정은 좀처럼 식지 않는다.

이윽고,
이제 집으로 돌아가야겠다며 일어선 사내가 아쉬운 듯 당구
공을 굴렸다 공은 모스 부호처럼 떠돌더니
딱! 부딪쳤고
팅! 울렸다
기항지의 선박들처럼 흔들거리더니 멈추었다
한 사내가 큐를 들었다 캄캄한 정글을 헤치듯 스트로크를
날렸다

이내 사내들은 큐를 들고 다시 모여들었다 미증유를 증명하
려는 듯 공을 쳐냈다

어둠의 항해는 계속되었다

공은 공을 맹렬히 쳐냈고 지평선을 치고 돌아왔고

다시 지평선을 향해 굴렀다

— 「어둠 속의 당구」 부분

당구장도 예외가 아니듯 방역 조치로 인해 영업 시간이 끝났
다. 당구장의 불빛은 모두 꺼진 암흑이다. 하지만 사람들은 당
구장을 떠나지 않은 채 캄캄하여 사위가 좀처럼 보이지 않는
데도 불구하고 당구공을 쳐낸다. 그들은 "미증유를 증명하려
는 듯 공을 쳐"낸다. 잠시, 이 장면을 상상해보면, 시인의 시적
상상력이 매우 흥미롭다. 무엇보다 팬데믹의 일상을 힘들게
견디면서 살고 있는 사람들의 생의 분투를, 어둠 속 당구장에
서 큐를 들고 당구공을 쳐내기 위해 당구대 위 당구공의 보일
듯 말 듯 실루엣에 초인적 감각을 총동원하는 데 빗대는 시적
표현은 삶의 경이로움 그 자체를 배가시켜준다. 특히, 사내들
저마다 쳐낸 당구공이 당구대의 직사각 평면을 따라 구르다가
반대편 끝에 부딪쳐 반사돼 돌아오곤 하는 당구공의 움직임을
두고 인생의 "지평선을 향해 굴렀다"는 것에 대한 이 기막힌 시
적 표현은, 팬데믹의 힘든 일상에도 불구하고 그것에 굴복당
하지 않고 살아가는 삶의 힘이 얼마나 소중한지를 상기시킨
다. 비록 "잘못 든 세상을 허둥거리는 눈발들"(「그해 겨울은 몹시도
추웠네」) 속에서, "우정을 빙자했고/지식을 도용했고/사랑을 탕

진했다"(『거짓말로 평생을 살았다』) 하더라도, 우리들 삶은 결코 포
기할 수 없기 때문이다.

4

여기에는 아무리 강조해도 지나치지 않을 "무구한 애정", 즉
"사랑한다고, 영원토록 사랑한다고/넋이라도 있고 없을지라
도!"(『애완』)의 시적 정념에 젖줄을 댄, 신생을 향한 시적 정동이
시인을 휘감아 돌고 있다는 것을 명심하자. 바꿔 말해, 갱신의
과정을 응시하고 그것을 함께 수행하는 시적 실천을 예의주시
하자.

천지간에 하얀 꽃빛으로 놀러와
까맣게 저무는 것들을 탓하지 말라
목련 꽃잎 까무룩 흩어지면서
뜨락을 지을 때
어린 너에게는 천만년의 목소리로
놀자고 같이 놀아달라고,
다 늙은 너에게는
천지간에 새끼를 치는 뻐꾸기처럼
피붙이를 부르는 호곡(好哭)일 테니,
저 하얀 꽃잎은 절명하는 게 아니다
귀를 대이면 강물이 치고
뒤란을 떠메고 갈 듯 우짖던 참새 떼며
소나기 치던 마을을

오래오래 밝혔던 등불이었으니
하늘 닮은 눈동자들을 피워 올렸다가
저무는 것들이 옹기종기 모여
첫울음으로 지는 때에
거기 적막이 더해져야
다시 눈부신 초록을 얻는 거다
푸르러지는 뒷동산에
내가 살고 있기 때문이다

— 「목련 그늘」 전문

이번 시집의 표제작이기도 한 「목련 그늘」은 절창이다. 하얗게 핀 목련꽃이 시들어가는 과정을 생명이 소멸해가는 절명의 슬픔 일변도로 노래하지 않는다. 생의 빛나는 순간이 시나브로 꺼져들어감으로써 죽어가는 것이 지닌 생의 공허함에 초점을 맞추는 비장미를 환기시키지 않는다. 대신, 시인은 목련꽃이 피어 있을 때 목련꽃과 관계를 맺었던 "강물", "참새 떼", "소나기 치던 마을"에 존재하는 모든 것들과의 소중하고 아름다운 순간을 '목련 그늘'에서 감각한다. 그리고 무엇보다 "저무는 것들이 옹기종기 모여/첫울음으로 지는 때에/거기 적막이 더해져야/다시 눈부신 초록을 얻는 거"란 시적 통찰에서 헤아릴 수 있듯, 지는 목련꽃이 우주적 소멸의 과정을 거쳐야만 다시 신생의 환희의 순간을 맞이할 수 있고, 그래서 '초록'으로 표상되는 새 생명을 만끽할 수 있다는, 뭇 존재가 지닌 생의 비의적 아름다움을 온몸으로 감지한다. 그러므로 조용환 시인에게 중

요한 것은 신생과 갱신 그 자체가 아니라, 신생과 갱신에 이르는 매 순간의 경이로운 '과정'의 신비다.

> 첫,
> 그 이후에 나는 무엇을 꿈꾸었던 걸까
> 우연히 지나쳐 온 것들에게
> 처음은 아직 시작되지 않았다고
> 기적과도 같은 이 순간의 장엄을 위해
> 아직 나는 태어나는 중이라고 말해도 될까
> 그래도 된다면 간직할 처음을 위해
> 울음을 다시 배워야 할까
> 첫, 이후로
> 나를 따라온 발자국들과
> 다시 시작된 나중은
> 나를 어디로 데려갈까
> 다시 태어나는 것도 서툴러서
> 평생이 걸리겠지만,
>
> —「첫,」 부분

위 시에서, 거듭 강조하고 싶은 시구절은 "나는 태어나는 중이라고 말해도 될까"가 함의하고 있는 신생의 '과정'이 지닌 단속성(斷續性)이다. 달리 말해, 신생은 일회성으로 그치는 게 아니라 끊어질 듯 이어지고, 다시 끊어질 듯 다시 이어지는, 단속성을 지닌 '경이로운 현실'이다. 그래서 조용환 시인에게 '첫,'은 이처럼 명사형 단어로서 종결태가 아니라, 맨 처음이란 뜻을 지닌 관형사 '첫' 다음에 쉼표가 연결됨으로써 어떤 것의 시초로서 또 다른 시초를 절대 부인하는 의미로 국한되지 않고, 맨 처음의 시초와 휴지를 지닌, 또 다른 시초가 얼마든지 연거푸 생겨날 수 있는 잠재태의 의미를 띤다.

이처럼 「첫,」이 한국어의 음상(音相)과 문장부호의 가역반응을 통해 신생의 '과정'에 대한 시적 통찰을 보인다면, 「겹꽃」은 꽃(잎)과 꽃(잎)이 서로 크기가 다른 채 겹으로 포개지는 것을 형상화함으로써 신생의 '과정'에 대한 형상적 사유를 나타낸다.

> 너를 끌어안고
> 꽃이 꽃에게 주는
> 꽃, 그 곁자리
> 나란히 살다 보면 영원일 거 같아서
> 가만히 들어가 깃들고 싶은
> 품 안의 품,
>
> ─ 「겹꽃」 부분

신생의 '과정'은 어떻게 보면, 「겹꽃」에서 음미할 수 있듯, 타자와 사랑의 관계를 맺는 것일지 모른다. 타자를 끌어안고 자기의 곁 자리를 내주는 것이야말로 사랑이 아니고 무엇인가. 그래서 "품 안의 품"을 만들어내는 일은 신생의 '과정'에서 자연스레 마주하는 사랑에도 연결된다.

5

이와 관련하여, 시집의 맨 끝에 '초록'의 심상을 지닌 두 편의 시 「초록 아가」와 「초록 서시」를 배치한 시인의 의도는 뚜렷하다. "천만 년의 너와 나/피와 뼈로/기도하는 숨결로/하늘 닿는 미소로/초록이 등불을 밝히는/거기,"(「초록 서시」)를 희구하는 시인에게 신생의 '과정'은 이번 시집의 세계에서 성취하고 싶은 시의 득의(得意)라 해도 과언이 아니다. 이것은 신생으로서 궁극의 가치를 지닌 '초록 아가'의 존재를 예찬하고, 그 탄생을 절실히 기원하는 「초록 아가」에서 노래되고 있다.

> 아가를 기다리는 어둠의 별과 아침의 창문과
> 한낮의 발소리들을 위해 기도한다
> 배회하는 축복을 위해 미소를 띄운다
> 무구한 숨결과 태양으로 잉태한
> 젖니 붉은 아가가 찾아오는 동안
> 손도 발도 가슴마저 내어놓고
> 새들의 공중에게도 젖을 물리고
> 길이 끝나지 않은 바퀴에게도 젖을 먹여야 한다
> 아가가 곧 태어날 거라고
> 강물의 노래를 품은 아가를
> 초원의 무지개를 가진 아가를
> 천지현황(天地玄黃)의 너를 기다린다, 나는
>
> —「초록 아가」 부분

인도의 시성(詩聖) 타고르는 그의 시집『기탄잘리』에서 '어린 아기'의 심상과 대자연을 연계하면서 제1차 세계대전을 야기한 유럽의 근대 세계가 지닌 폭력성에 대한 문명적 비판을 감행하였다. 조용환의「초록 아가」를 음미하는 도중 타고르의『기탄잘리』에서 노래하고 있는 대자연의 녹색으로 표상된 어린애가 겹쳐지는 것은,「초록 아가」가 그만큼 시적 사유와 형상화 면에서, 쇠락해가는 근대세계에 대한 문명적 비판의 세계성을 성취하고 있다고 나는 생각한다.

끝으로,『목련 그늘』에서 얻은 시적 성취가 조용환 시인의 한층 갱신된 시의 '과정'으로 육화되길 기대해본다.

高明徹 | 문학평론가·광운대 교수

1 광장으로 가는 길 | 이은봉·맹문재 엮음
2 오두막 황제 | 조재훈
3 첫눈 아침 | 이은봉
4 어쩌다가 도둑이 되었나요 | 이봉형
5 귀뚜라미 생포 작전 | 정원도
6 파랑도에 빠지다 | 심인숙
7 지붕의 등뼈 | 박승민
8 살찐 슬픔으로 돌아다니다 | 송유미
9 나를 두고 왔다 | 신승우
10 거룩한 그물 | 조항록
11 어둠의 얼굴 | 김석환
12 영화처럼 | 최희철
13 나는 너를 닮고 | 이선형
14 철새의 일인칭 | 서상규
15 죽은 물푸레나무에 대한 기억 | 권진희
16 봄에 덧나다 | 조혜영
17 무인 등대에서 휘파람 | 심창만
18 물결무늬 손뼈 화석 | 이종섶
19 맨드라미 꽃눈 | 김화정
20 그때 나는 학교에 있었다 | 박영희
21 달함지 | 이종수
22 수선집 근처 | 전다형
23 족보 | 이한걸
24 부평 4공단 여공 | 정세훈
25 음표들의 집 | 최기순
26 나는 지금 운전 중 | 윤석산
27 카페, 가난한 비 | 박석준
28 아내의 수사법 | 권혁소
29 그리움에는 바퀴가 달려 있다 | 김광렬
30 올랜도 간다 | 한혜영
31 오래된 숯가마 | 홍성운
32 엄마, 엄마들 | 성향숙
33 기룬 어린 양들 | 맹문재
34 반국 노래자랑 | 정춘근
35 여우비 간다 | 정진경
36 목련 미용실 | 이순주
37 세상을 박음질하다 | 정연홍

38 나는 지금 외출 중 | 문영규
39 안녕, 딜레마 | 정운희
40 미안하다 | 육봉수
41 엄마의 연애 | 유희주
42 외포리의 갈매기 | 강 민
43 기차 아래 사랑법 | 박관서
44 괜찮아 | 최은묵
45 우리집에 왜 왔니? | 박미라
46 달팽이 뿔 | 김순태
47 세온도를 그리다 | 정선호
48 너덜겅 편지 | 김 완
49 찬란한 봄날 | 김유섭
50 웃기는 짬뽕 | 신미균
51 일인분이 일인분에게 | 김은정
52 진뫼로 간다 | 김도수
53 터무니 있다 | 오승철
54 바람의 구문론 | 이종섶
55 나는 나의 어머니가 되어 | 고현혜
56 천만년이 내린다 | 유승도
57 우포늪 | 손남숙
58 봄들에서 | 정일남
59 사람이나 꽃이나 | 채상근
60 서리꽃은 왜 유리창에 피는가 | 임 윤
61 마당 깊은 꽃집 | 이주희
62 모래 마을에서 | 김광렬
63 나는 소금쟁이다 | 조계숙
64 역사를 외다 | 윤기묵
65 돌의 연가 | 김석환
66 숲 거울 | 차옥혜
67 마네킹도 옷을 갈아입는다 | 정대호
68 별자리 | 박경조
69 눈물도 때로는 희망 | 조선남
70 슬픈 레미콘 | 조 원
71 여기 아닌 곳 | 조항록
72 고래는 왜 강에서 죽었을까 | 제리안
73 한생을 톡 토독 | 공혜경
74 고갯길의 신화 | 김종상

75 고개 숙인 모든 것 | 박노식

76 너를 놓치다 | 정일관

77 눈 뜨는 달력 | 김 선

78 거꾸로 서서 생각합니다 | 송정섭

79 시절을 털다 | 김금희

80 발에 차이는 돌도 경전이다 | 김윤현

81 성규의 집 | 정진남

82 번함 공원에서 점을 보다 | 정선호

83 내일은 무지개 | 김광렬

84 빗방울 화석 | 원종태

85 동백꽃 편지 | 김종숙

86 달의 알리바이 | 김춘남

87 사랑할 게 딱 하나만 있어라 | 김형미

88 건너가는 시간 | 김황흠

89 호박꽃 엄마 | 유순예

90 아버지의 귀 | 박원희

91 금왕을 찾아가며 | 전병호

92 그대도 내겐 바람이다 | 임미리

93 불가능을 검색한다 | 이인호

94 너를 사랑하는 힘 | 안효희

95 늦게나마 고마웠습니다 | 이은래

96 버릴까 | 홍성운

97 사막의 사랑 | 강계순

98 베트남, 내가 두고 온 나라 | 김태수

99 다시 첫사랑을 노래하다 | 신동원

100 즐거운 광장 | 백무산 · 맹문재 엮음

101 피어라 모든 시냥 | 김자흔

102 염소와 꽃잎 | 유진택

103 소란이 환하다 | 유희주

104 생리대 사회학 | 안준철

105 동태 | 박상화

106 새벽에 깨어 | 여국현

107 씨앗의 노래 | 차옥혜

108 한 잎 | 권정수

109 촛불을 든 아들에게 | 김창규

110 얼굴, 잘 모르겠네 | 이복자

111 너도꽃나무 | 김미선

112 공중에 갇히다 | 김덕근

113 새점을 치는 저녁 | 주영국

114 노을의 시 | 권서각

115 가로수의 수학 시간 | 오새미

116 염소가 아니어서 다행이야 | 성향숙

117 마지막 버스에서 | 허윤설

118 장생포에서 | 황주경

119 흰 말채나무의 시간 | 최기순

120 을의 소심함에 대한 옹호 | 김민휴

121 격렬한 대화 | 강태승

122 시인은 무엇으로 사는가 | 강세환

123 연두는 모른다 | 조규남

124 시간의 색깔은 자신이 지향하는 빛깔로 간다 | 박석준

125 뼈의 노래 | 김기홍

126 가끔은 길이 없어도 가야 할 때가 있다 | 정대호

127 중심은 비어 있었다 | 조성웅

128 꽃나무가 중얼거렸다 | 신준수

129 헬리패드에 서서 | 김용아

130 유랑하는 달팽이 | 이기헌

131 수제비 먹으러 가자는 말 | 이명윤

132 단풍 콩잎 가족 | 이 철

133 먼 길을 돌아왔네 | 서숙희

134 새의 식사 | 김옥숙

135 사북 골목에서 | 맹문재

136 왜 네가 아니면 전부가 아닌지 | 정운희

137 멸종위기종 | 원종태

138 프엉꽃이 데려온 여름 | 박경자

139 물소의 춤 | 강현숙

140 목포, 에말이요 | 최기종

141 식물성 구체시 | 고 원

142 꼬치 아파 | 윤임수

143 아득한 집 | 김정원

144 여기가 막장이다 | 정연수

145 곡선을 기르다 | 오새미

146 사랑이 가끔 나를 애인이라고 부른다 | 서화성

147 더글러스 퍼 널빤지에게 | 백수인

148 나는 누구의 바깥에 서 있는 걸까 | 박은주

149 풀이라서 다행이다 | 한영희

150 가슴을 재다 | 박설희

151 **나무에 기대다** | 안준철

152 **속삭거려도 다 알아** | 유순예

153 **중딩들** | 이봉환

154 **수평은 동무가 참 많다** | 김정원

155 **황금 언덕의 시** | 김은정

156 **고요한 세계** | 유국환

157 **마스카라 지운 초승달** | 권위상

158 **수궁가 한 대목처럼** | 장우원

푸른사상 시선 159

목련 그늘

조용환 시집